빛으로부터 온 아기

세상으로 날아온
사랑의 눈빛

빛으로부터 온 아기

방혜자 그림과 글

도서출판 도반

시몽과 사빈,
그리고 사랑의 눈빛으로 세상을 바라보는
아기의 마음을 지닌 모든 분들께

 많은 부모님들은 깊은 감동을 주었던 아기의 말들을 기억하고 계십니다. 그러나 기억 속에서나마 그 흔적을 간직하고 계신 분들은 그리 많지 않습니다. 방혜자는 자신의 어린 시절을 다시 발견하게 해주는 그 보석과도 같은 아기의 말들을 일기 속에 기록해 두었습니다. 그리고 그 글들은 '엄마랑 아기랑'이 창간되면서 잡지사의 부탁으로 1년간 그림과 함께 연재되었습니다. 이제 다시 새로운 그림과 함께 한 권의 책으로 엮어 세상에 드리게 되었습니다.

 초등학교 들어가기 전, 많은 아기들은 장난감이나 곰 인형, 혹은 엄마에게 신비스러운 얘기들을 많이 하지만 어른들은 그 세계에 들어가기가 어렵습니다.

 여기에 실린 대화들은 아기의 모국어인 한국말로 나눈 이야기들이었습니다.

 아빠인 저는 프랑스어로 아기가 했던 말을 아직도 생생하게 기억하고 있습니다. 어느 여름날, 한 독일 친구 분이 오셨을 때입니다. 그분이 프랑스어로 아기에게 아빠는 무엇을 하고 계시느냐고 물었습니다. 그때 저는 아이들이 물장난을 할 수 있도록 플라스틱 물통에 바람을 불어 넣고 있었습니다. 아기는 프랑스어로 대답했습니다.

 "아빠는……, 아빠는……, 아빠 노릇을 하고 계셔요."

 저는 가슴이 뭉클했습니다. 그 목소리는 지금도 제 마음속에 울리고 있습니다. 그 말은 아들이 아버지의 존재를 분명하게 인식하는 표현이었습니다.

 이 책을 읽으시는 모든 분들께서 사랑의 눈빛으로 세상을 바라보는, 자신 안에 있는 '아기'를 발견하실 수 있기를 바랍니다.

아기 아빠 알렉상드르 기유모즈

어느 해 저의 생일상에는 흰 장미나무 한 그루, 그리고 아이들이 손수 만든 음식이 예쁘게 놓여 있었습니다. 둥글고 납작한 빵 조각 위에 오이로 만든 눈, 당근을 깎아 붙인 코, 빨간 고추로 만든 입이 활짝 웃고 있는 그 음식은 아름다운 조각품을 보는 듯했습니다. 그때 저는 마음속 깊은 곳에서부터 우러나오는 말로 감사를 드렸습니다.

"나를 엄마로 선택하여 이 세상에 와 준 것을 감사드립니다."

아이들은 어이가 없다는 듯이 대답했습니다.

"아니에요! 우리들을 이 세상에 오게 해주신 엄마에게 감사드려요."

저의 두 아이들, 시몽과 사빈이 태어났을 때 실제로 제가 느꼈던 것은 우주를 자유로이 날아다니던 빛나는 별들이 아름다운 지구별을 발견하고 제게로 다가와서, 어두운 기억과 깊은 침묵 속에 숨어버렸던 저의 본래의 모습을 일깨워 주는 것이라 생각되었습니다.

우주의 빛나는 눈빛을 받아 가지고 세상에 온 그들의 맑은 눈을 통해서 생명의 아름다움과 영원함을 감지할 수 있었습니다. 또한 삶에 대한 경외심과 섬김의 마음을 키울 수 있었습니다. 아이들로 인해 하늘과 땅의 고마움을 알게 되었고 해와 달에게도 고개 숙여 인사드리는 그 모습에서 너와 나의 경계가 없는 마음의 눈을 뜰 수 있었습니다.

여기에 드리는 글들은 이제는 장성한 저의 아이들이 아주 어렸을 때부터 일곱 살까지 나누었던 엄마와의 대화입니다. 아이들이 천진무구한 마음의 눈으로 세상을 바라보면서 이야기한 것들을 제 손이 대신하여 받아 써 두었던 글들입니다. 아이들이 이 세상에 와서 들려주는 마음의 소리들을 귀속의 귀로 들으면서, 저는 생명의 뿌리로부터 수액을 빨아올려 새로운 나무로 거듭나듯이 새로 태어난 어린아이와 같은 무한한 기쁨을 누릴 수 있었습니다.

깨달음의 길에 스승처럼 제게로 와 준 아이들에게 깊은 감사를 드리면서, 이 글들이 세상의 많은 엄마들과 아기들의 기쁨이 되고, 마음을 우주처럼 크게 열어 주는 씨앗이 될 수 있다면 참으로 기쁘겠습니다.

아기 엄마 방혜자

1

세상에 온 사랑의 눈빛

엄마는 아기를 기다렸습니다.

이 세상에 하나의 빛으로 올 새 생명을… ….

하늘을 날아다니는 아름다운 작은
아기별이 있었습니다.

어느 날 그 별은 유난히도 반짝이는 지구별을 보고
깜짝 놀랐습니다.

아기별은 빠르게 날아서 지구별에
닿았습니다.

처음으로 지구별에 온 아기별은 사방을 뛰어다니며
놀았습니다.

모든 것이 신기하고 재미있었습니다.

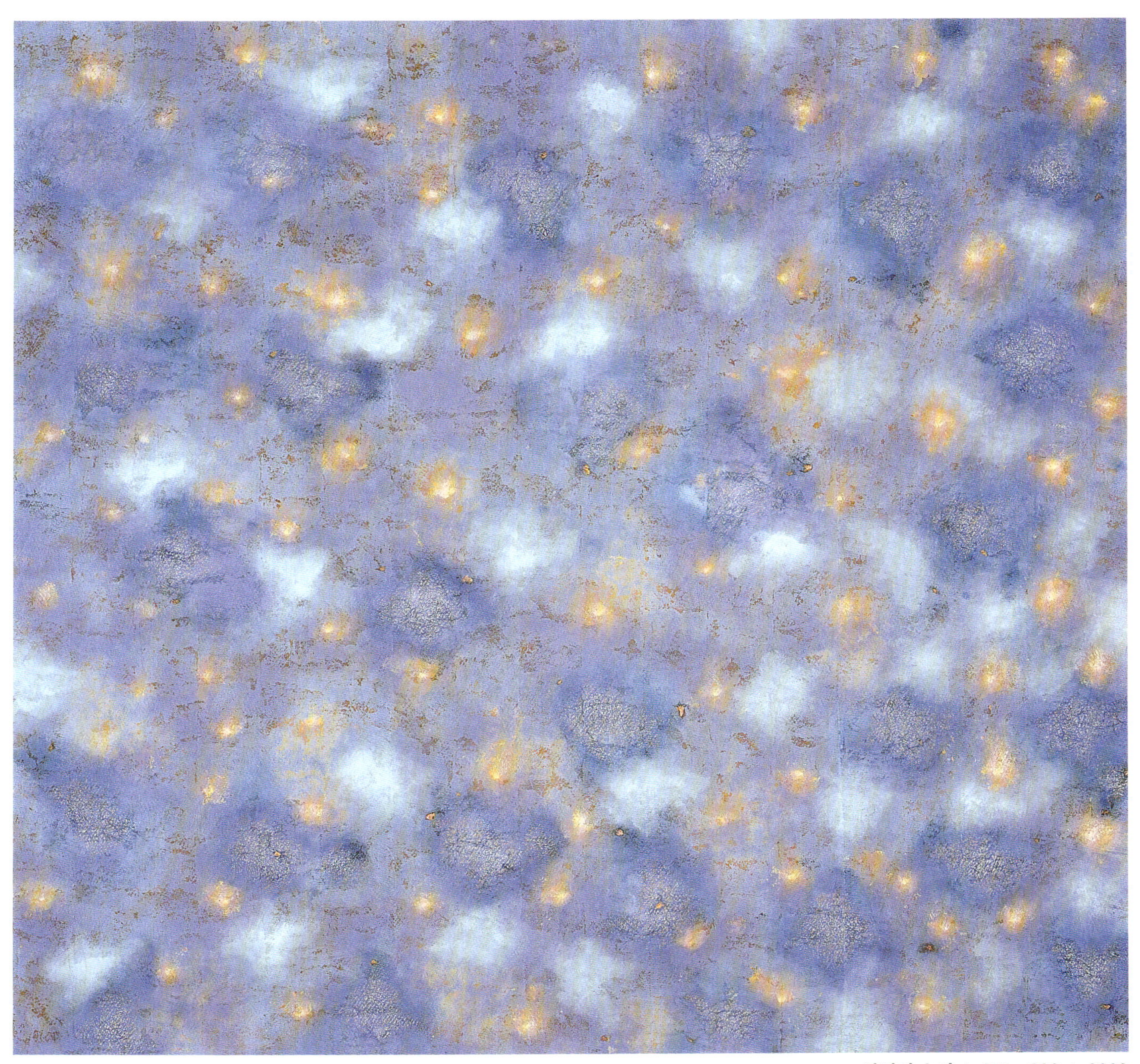

자연의 숨결 | 251×283 | 2009

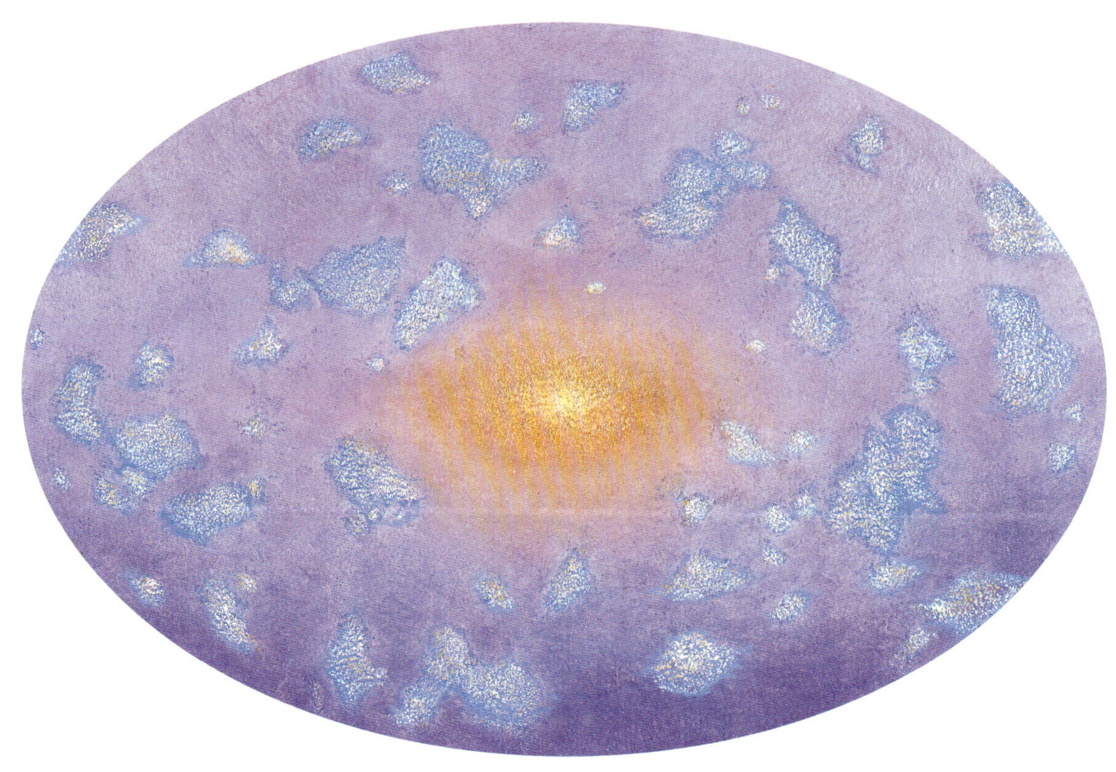

우주의 빛 | 87×134 | 2009

그러다가 그만 캄캄한 밤이 되자 추위와
무서움에 떨었습니다.

그곳을 지나가던 엄마의 마음이 아기별을 안아
따뜻이 녹여 주었습니다.

그날이 엄마가 빛으로 온 아기별을
이 세상에 맞이한 날이었습니다.

빛의 탄생 | 90×90 | 2005

아기는 엄마의 따뜻한 주머니 속에서 재미있게
놀았습니다.

좀 캄캄하지만 엄마가 하는 얘기는 다 들립니다.

엄마가 높은 데 올라가 벽화를 그릴 때 아기는
가만히 기다립니다. 엄마에게 얘기를
걸지 않습니다.

그러나 저녁이 되어 둘이서 쉴 때는 머리와
발로 쿵쿵 치면서 엄마를 불러 봅니다.

엄마는 아기를 만져 주며 아기의 이름을 지어 봅니다.

엄마는 아기의 이름을 시몽(詩夢)이라고
짓는 것이 좋겠다고 생각했습니다.

빛의 숨결 ｜ 80×120 ｜ 2007

엄마는 그림을 그리고 시를 쓰며
가야금을 탑니다.

아기가 이 세상에 오면 그림과 시와 음악을
좋아할 수 있기를 바랍니다.

엄마는 열심히 일하고 많이 사랑하는 것이
아기의 젖이라고 생각합니다.

빛의 입자 | ∅ 32 | 2011

아기는 큰 소리로 엄마를 놀래 주며
세상에 나왔습니다.

엄마는 아기의 빨간 입술이 꽃잎처럼 예쁘다고
생각했습니다.

아기를 낳느라 지친 엄마는 미소를 입가에
담은 채 곧 잠이 들었습니다.

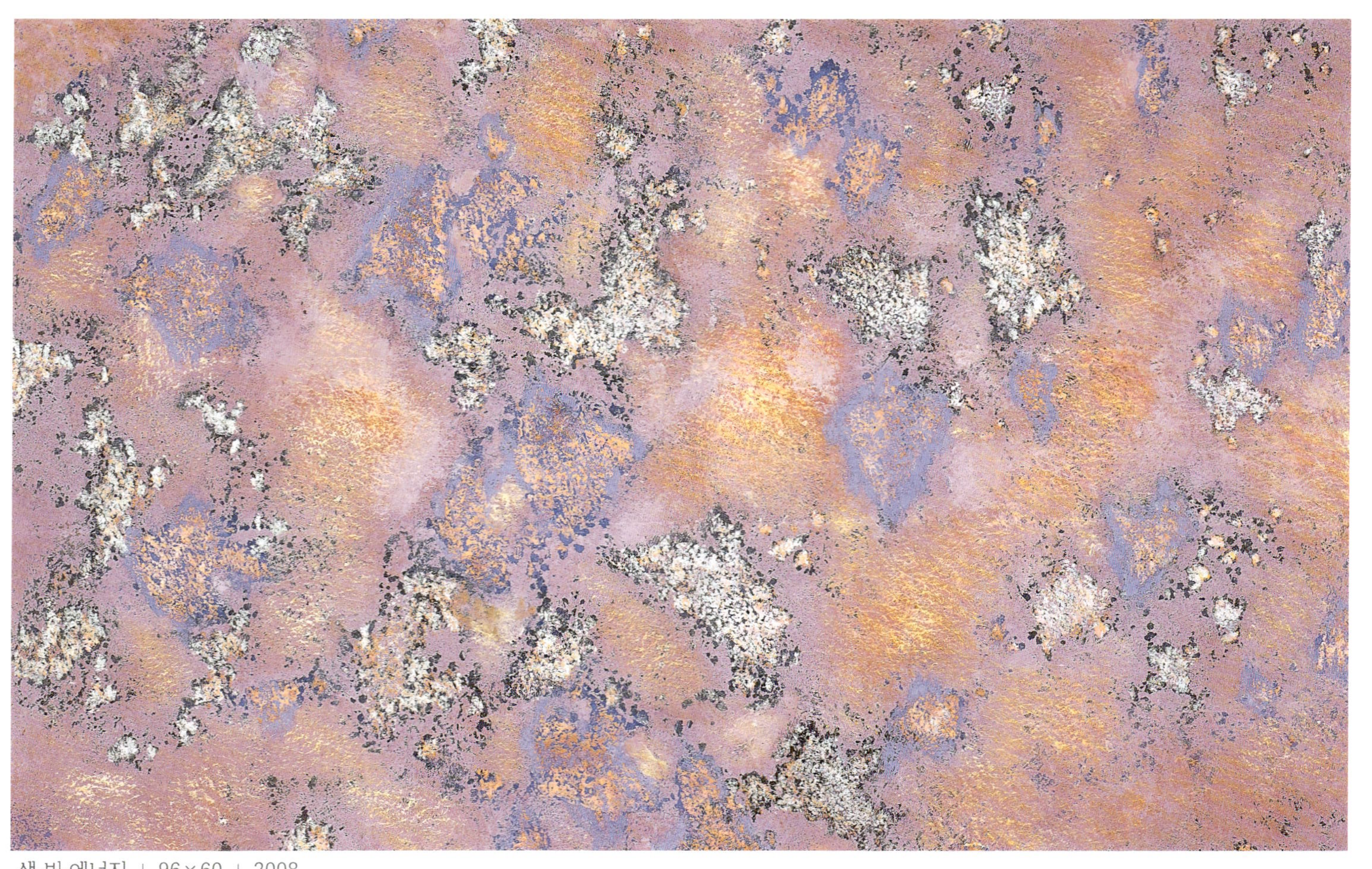

색-빛-에너지 | 96×60 | 2008

아기는 엄마와 재미있게 놀며 무럭무럭 큽니다.

연한 이가 솟고, 신기한 입술 사이로
말을 하기 시작했습니다.

아기는 엄마를 부를 때
아빠를 따라 "여보, 여보" 하고 불러 봅니다.

어떤 때는 할머니처럼
"에미야, 에미야" 하고도 불러 봅니다.

엄마는 재미있다고 웃어 줍니다.

빛의 울림 | 33×38.5×3 | 2004

아기는 달에게 고개를 숙여 인사합니다.

"달, 안녕. 내일 또 보자."

반달은 아기의 마음을 아프게 합니다.

"누가 달을 잘라 먹었나?"

빛의 대화 | 52×48.5×3 | 2004

아기는 처음으로 차를 탑니다. 기울어지는
버스 안에서 아기는 걱정이 됩니다.

"엄마, 버스가 죽어 간다."

또 점점 멀어지는 집을 돌아다보며 아기는
이렇게 말했습니다.

"엄마, 집이 막 도망가네."

아기에겐 신기한 것이 너무나 많습니다.

빛의 입자 ｜ 31×31×3 ｜ 2007

엄마가 피곤해서 누웠습니다.
아기의 친구, 곰 인형을 머리에 베고서.

아기는 얼른 가서 곰 인형을 잡아당깁니다.

"엄마, 곰 아프겠다. 아야-해."

엄마는 부끄러워 얼굴을 붉힙니다.

아기는 엄마와 태릉에 놀러 갔습니다.

능 앞에 서 있는 돌로 된 말에게 큰 아이들이
돌멩이를 던집니다.

아기는 말 앞에 가까이 가서

"아이, 아프겠다. 쎄쎄-" 하며 만져 줍니다.

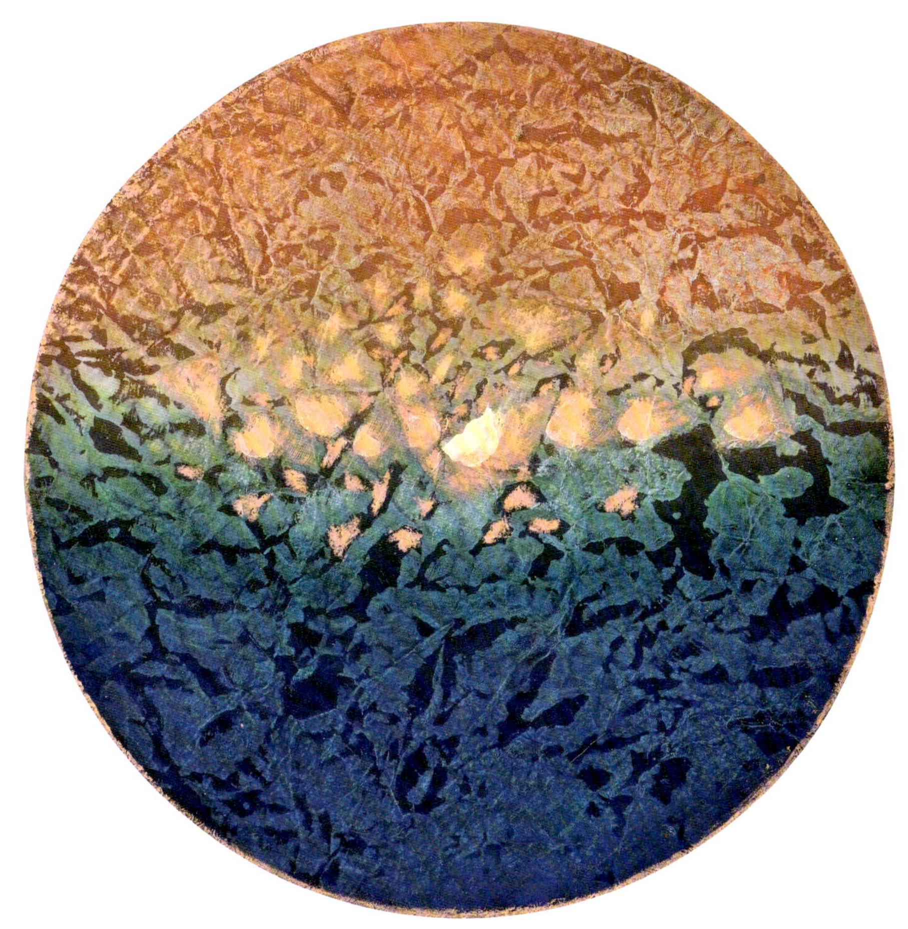

빛의 탄생 | ø 32 | 2011

빛의 입자 ｜ 31×31×3 ｜ 2007

엄마가 시든 꽃을 쓰레기통에 버렸습니다.

아기는 엄마에게 물었습니다.

"엄마, 왜 꽃을 버렸어?"

엄마가 대답했습니다.

"다 시들었으니까."

아기는 "꽃은 왜 시들어?" 하고 또 물었습니다.
엄마는 오래되면 죽는 거라고 얘기해 주었습니다.

아기는 엄마에게 말했습니다.

"그럼 다시 살려 줘야지."

엄마는 꽃을 다시 살려 주고 싶었습니다.
그리고 다음부터는 아기가 안 보도록 꽃을
종이에 잘 싸서 버려야겠다고 생각했습니다.

아기는 그림 그리기를 좋아합니다.

"달이 많은데… …." 하면서 넓은 하늘에
둥글둥글 달을 그려 갑니다.

"엄마, 이건 별이 가는 길이야."

아기의 조그만 손가락이 종이 위에서 춤을 춥니다.

"엄마야, 나랑 재미있게 놀자. 응?"

아기는 엄마를 꼭 안고 엄마 눈 속에 들어가
봅니다.

빛의 눈 | 102×118 | 2003

빛의 춤 | 79×90 | 2011

엄마가 흙을 한 덩어리 가져다
아기에게 주었습니다.

아기는 떡도 빚고 새들도 만듭니다.

노래를 부르며 재미있게 만듭니다.

그러다가 흙을 먹어 보며 맛있다고
엄마에게 웃어 보입니다.

빛의 입자 | ⌀ 32 | 2009

아기에겐 모든 것이 아름답게 보입니다.
빵을 먹을 때도 요기조기 베어 먹으며

"엄마, 이거 새 같지?", "이건 물고기야."

하면서 먹습니다.

아기는 아름다운 조각을 하면서 맛있게
먹습니다.

아기는 길 가다가 나뭇조각을 줍곤 합니다.
그리고 엄마에게 주면서 이렇게 말합니다.

"엄마, 이것 가지고 가서 저녁때 조각하자, 응?"

옥수수 밭을 지나다가 아기는 길에 떨어진
옥수수 잎들을 주워 모았습니다.
그리고 말했습니다.

"이거 집에 가지고 가서 이 위에다 그림을
그려야지. 참 멋있을 거야."

빛의 춤 | 79×100 | 2011

빛의 입자 | ∅ 32 | 2011

아기는 마당에서 재미있게 놀고
있습니다.

엄마는 무심코 말했습니다.

"시몽(詩夢)인 정말 정신없이 노는구나!"

아기는 곧 대답했습니다.

"아이, 엄마두! 정신이 없으면 내가 죽어
있게!"

빛의 입자 | ∅ 32 | 2009

구름이 끼고 날씨가 흐립니다.

아기는 창가에 앉아 밖을 내다봅니다.
해님이 안 나와 심심한가 봅니다.

아기는 엄마에게 얘기합니다.

"해님이 피곤해서 자나 봐.
구름과 놀다가 지쳐서 갔나 봐.

산이랑 꽃이랑 놀다가 짐승들 데리고 놀다가
해님은 피곤해서 자는가 봐."

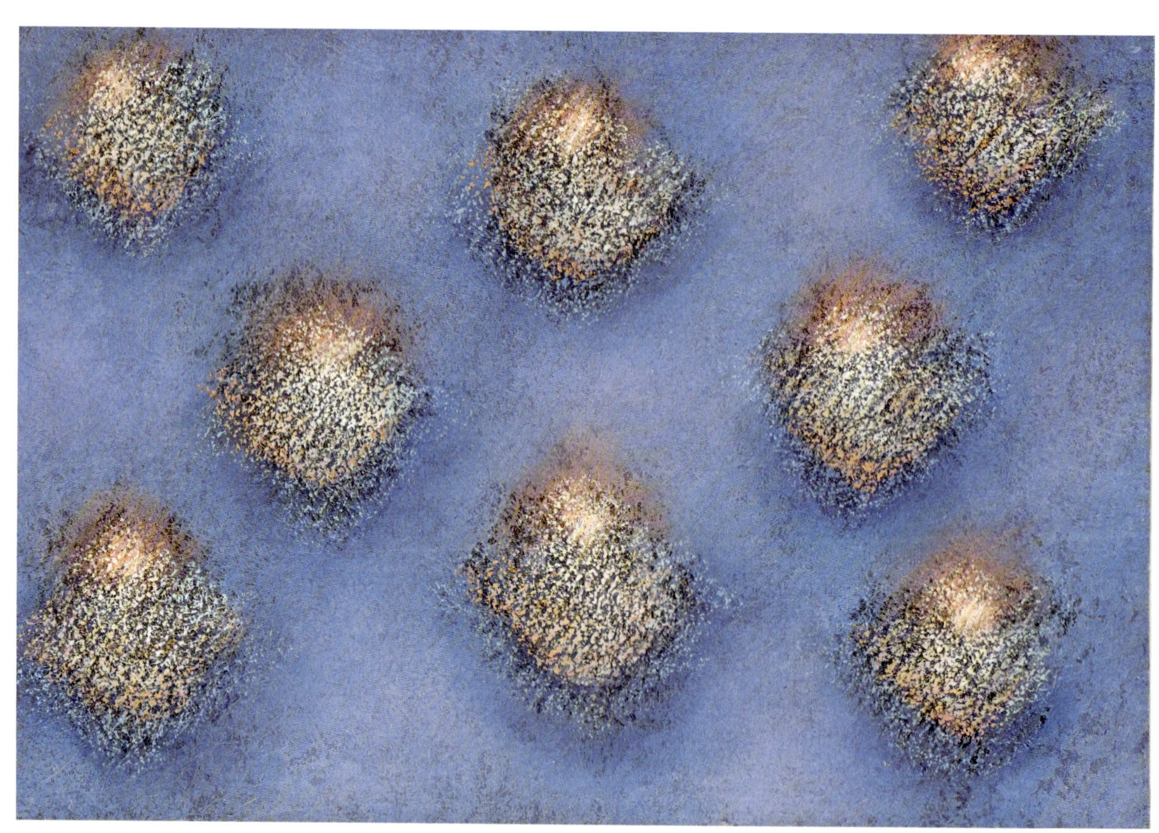

불꽃 | 46×57 | 2011

아기의 동생이 이 세상에 올 날이 가까워졌습니다.

아기는 인형을 자기 옷 속에 집어넣어 배를 불룩하게
해 가지고

"배가 뚱뚱해요. 인제 아기 날 거예요." 하면서
인형을 쏙 뽑니다.

엄마는 옆에서 크게 웃었습니다.

아기는 인형을 보자기에 싸서 엄마에게 가지고 옵니다.

"아기가 아주 작은데요. 추워서 발발 떨어요."
하면서 아랫목에 눕히고 이불을 덮어 줍니다.

어느 날, 엄마가 정말 아기의 동생을
안고 집에 돌아왔습니다.

아기는 발뒤꿈치를 들고 살살 걸어다니며
다른 사람들에게도

"쉬, 쉬!" 하며 조용히 하라고 야단입니다.

그리고 자기는 그림책을 동생의 코 앞에
갖다대고 큰 소리로 외칩니다.

"이건 토끼고, 이건 다람쥐야!"

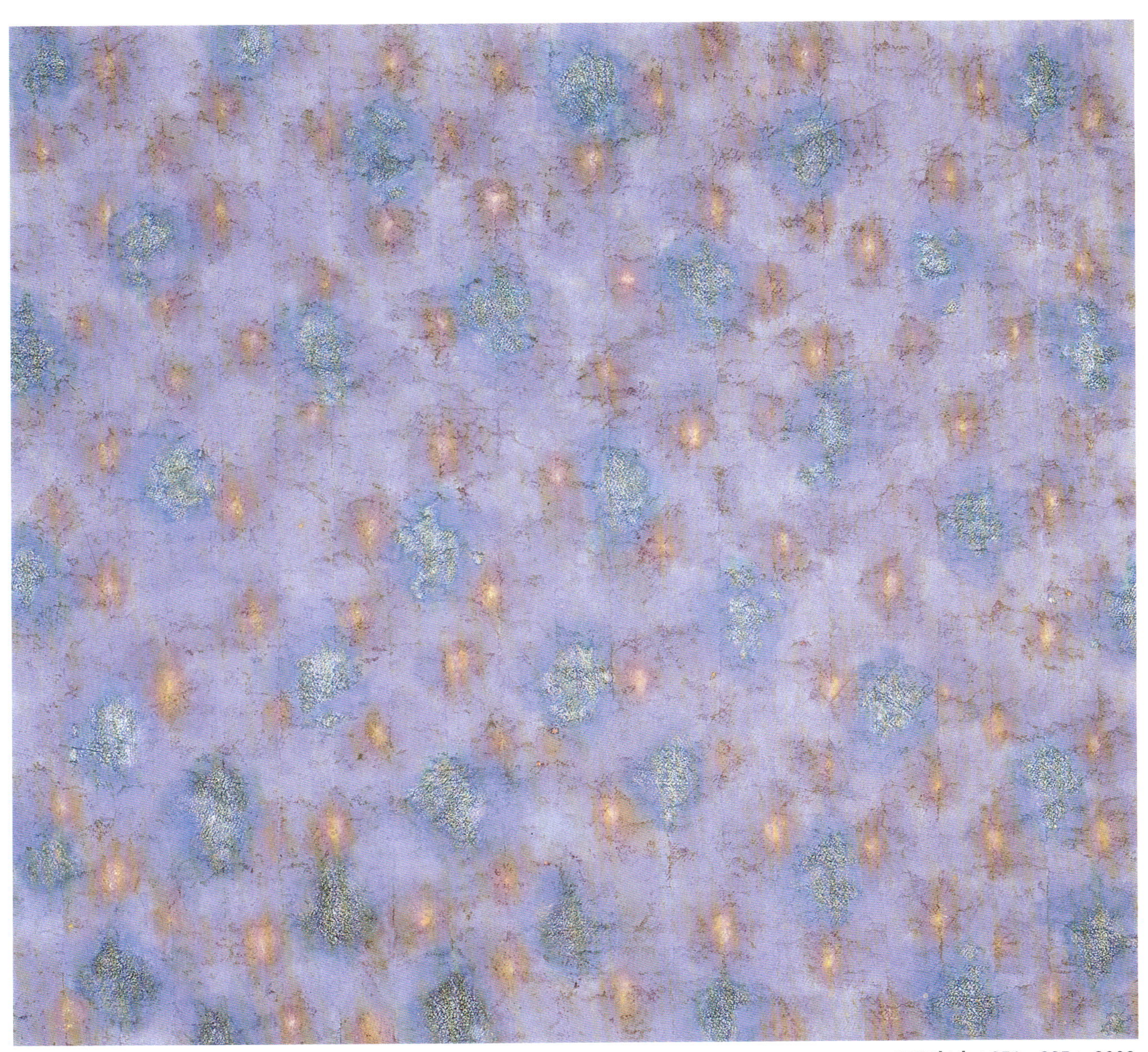

우주의 빛 | 251×285 | 2009

우주의 진동 | 80×80 | 2006

아기는 동생이 어떻게 이 세상에 왔는지
궁금합니다.

"엄마, 아기는 어디로 나와?"
　　"엄마, 아기는 배꼽으로 나와?"
　　"엄마, 아기는 어떻게 엄마 배 속으로 들어갔어?"

엄마는 아기가 알아듣기 쉽도록 대답해 봅니다.

"아기는, 엄마 배 속으로 예쁜 씨가 들어가서
　　점점 자라는 거야. 많이 많이 자라서
　　아주 커지면 엄마를 떠나서 이 세상에
나오는 거지."

"그럼 하나님이 엄마 입속으로 씨를 넣어
　　주셨어?"

빛의 숨결 | ø 32 | 2011

어느 날, 아기가 동생을 때렸습니다.

엄마가 야단을 쳤더니 아기는 엄마에게 ‘개새끼’
하고 욕을 했습니다.

엄마가 어이가 없어 쳐다보니 아기는 궁둥이를
내밀며 꺼지는 듯한 목소리로 말했습니다.

“엄마, 궁둥이 때려 줘.”

엄마는 아기의 얼굴을 만져 주며 웃었습니다.
그리고 말했습니다.

“이 다음엔 욕 하지마.”

대지의 침묵 | 71×118 | 2011

어느 일요일이었습니다. 아빠랑 엄마가 난로를 고치고
문을 바르며 집안을 정돈했습니다.
아기는 점심을 먹을 때 살림에 대한 의견을 내놓았습니다.

"엄마, 우리도 세탁기 사면 편할 거야. 빨래가 다 깨끗하게 되어서
나온다! 동운이넨 별거 별거 다 있어."
엄마는 웃으며 말했습니다.

"응 그래, 우리집엔 없는 것이 많아서 섭섭하지? 세탁기도 없고
텔레비전도 없고……."

아기는 고개를 저으며 대답했습니다.

"아니 괜찮아, 엄마. 동운이넨 옛날 장도 없는데, 우리집엔
〈사명대사〉에 나오는 그런 장도 있잖아.
그리고 또 책도 많구……."

아기의 대답은 엄마를 기쁘게 해주었습니다.

침묵의 빛 | 50×36.5 | 2011

엄마는 꿀병의 뚜껑을 열려고 했으나 잘
안 열려 아빠에게 열어 달라고 했습니다.

아기는 곁에서 열심히 지켜보고 있었습니다.

아빠가 아주 쉽게 뚜껑을 열자 아기는
엄마에게 말했습니다.

"엄마, 아빠 같은 사람하고 결혼 잘 했지……."

빛의 입자 ｜ ∅ 32 ｜ 2009

어느 날 저녁, 아기는 전기난로를 엎어
놓고 뜯어 보고 앉아 있었습니다.

화가 난 아빠가 큰 소리로 야단을 쳤습니다.

"아빠가 몇 번이나 그런 장난하지 말라고 했니, 응?"

아기는 볼멘소리로 대답했습니다.

"유치원 선생님이 화가 나면 세 번 참으라고 했는데… …,
아빠는 한 번도 참지 않고 야단이야."

아기의 마음은 하늘 끝까지 날아다니나 봅니다.

그러다가 엄마에게 물어 봅니다.
　“엄마, 해님이 하늘보다 더 높이 있어?”

엄마는 대답해 주었습니다.
　“아니, 하늘은 끝이 없는 것인데 그 하늘 안에
　　　해님도 계시고 우리가 사는 지구도 있는 거야.
　　넓고 넓은 하늘에 해님도 돌아가고 지구도
　　빙빙 돌아가고 있는 거야.”

아기는 이상한 듯 또 묻습니다.
　　“엄마, 그런데 왜 우리가 보기에는 지구가 돌아가는
　것 같지 않아? 왜 돌아가는 것이 보이지 않아?”

엄마는 대답했습니다.
　“지구가 아주 크니까 우리는 느끼지 못하는 거야.”

그 말을 듣고 아기는 또 물었습니다.
　　“그럼 하느님이 보기에는 지구가 돌아가는
　것 같애?”

하늘과 땅 | ∅ 179 | 2010

투명 | 22×25 | 2003

아기는 텔레비전을 보기 시작했습니다.
아기의 집엔 텔레비전이 없으니까 앞집에 가서 보곤 합니다.

저녁때 눈이 빨갛게 되어 집에 돌아오는 아기를 보며
엄마는 걱정이 되었습니다.
그래서 아기의 그런 열성이 빨리 지나가 주기를 기다렸습니다.

그러던 어느 날 아기는 앞집에 텔레비전을 보러 갔다가
일찍 돌아왔습니다. 그리고 엄마에게 말했습니다.

투명 | 22×25 | 2003

"엄마, 이제 테레비 보러 안 갈 테야. 아이, 무서워,
너무 무서워! 생각 안 할래도 자꾸 생각나……."

아기는 저녁을 먹으면서도 몇 번이나 몸서리를 쳤습니다.
아기는 너무나 무서운 장면을 보았나 봅니다.
엄마는 아기들이 볼 수 있는 좋은 프로그램이
많아지기를 바랐습니다.

그 후 아기는 다시 집에서 동생과 함께 그림을 그리고
종이로 가면을 만들어 춤도 추면서 재미있게 놀았습니다.

빛의 울림 | 200×245 | 2011

아기가 하는 말들은 참말 예쁜 시(詩)가
됩니다.

"엄마, 옛날 얘기 해 줘. 그때 엄마가 해 준 것
있잖아?

아기는 아빠 마음속으로 들어갑니다.
그 별은 노래하고 춤추며 옵니다.

그런 거 말이야."

엄마는 그런 얘기를 해 준 기억이 없습니다.
아기는 자기 마음속에서 나오는 얘기들도
엄마가 해 준 거라고 생각하나 봅니다.

빛-에너지 | 48×66 | 2011

엄마는 아기에게 아름다운 세상을 보여 주고
싶습니다.

엄마는 아기를 데리고 비원에 갔습니다.
나무들이 하늘 높이 솟은 곳을 아기와 손잡고
걸어갑니다. 아기는 나무 사이로 뛰어다니다 문득
엄마에게 물어봅니다.

"엄마, 나무들은 어떻게 하늘하고 꼭 붙었어?"

엄마는 살랑살랑 하늘을 어루만지는 나뭇잎들을
바라보면서 아기의 질문은 모두 아름다운
시라고 생각합니다.

빛의 숨결 | 34×45 | 2011

아기는 모르는 것이 많습니다. 그래서 하루 종일
엄마에게 물어봅니다.

"강은 왜 흘러?"
"눈은 왜 녹아?"
"꽃은 왜 예뻐?"

엄마는 바빠서 대답을 소홀히 할 때가 있습니다.
그러나 곧 뉘우치고 열심히 생각해서 대답해
줍니다.

아기는 엄마와 둘이만 있을 땐 이것저것 여러 가지
묻고 싶어지나 봅니다.

"사람은 어떻게 말을 할 수가 있어?"
"목소리는 어떻게 나오는 거지?"

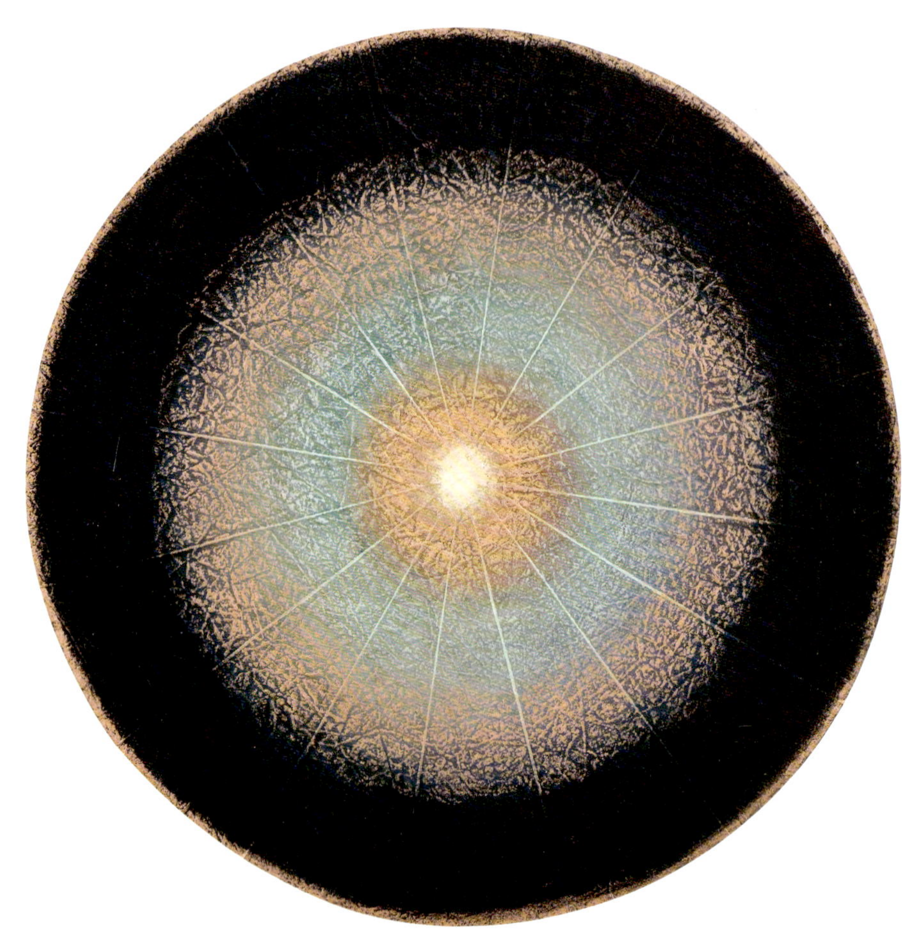

빛의 탄생 | ∅ 32 | 2011

아기는 마당에서 강아지 똘똘이와 재미있게
뛰어놉니다.

그러다가 엄마에게 물어봅니다.

"엄마, 똘똘이는 몇 살이야?"

엄마는 손가락으로 세어 보이며 대답했습니다.

"다섯 살."

아기는 놀란 듯 물어봅니다.

"나하고 같애? 그런데 어떻게 똘똘이는
벌써 엄마가 되었어?"

빛의 입자 | ∅ 32 | 2011

아기는 점점 어려운 질문을 합니다.

엄마는 곧 대답을 못해 주고 마음속으로
두고두고 혼자서 생각할 때가 많습니다.

"엄마, 사람은 왜 죽어?"

"어떻게 죽어?"

이웃집 형이 참새 한 마리를 잡아서
가지고 놀다가 죽은 것을 아기에게
주었습니다.

아기는 엄마에게 보이며 말했습니다.

"엄마, 새 봐, 죽었어. 빨리 묻어 줘야지……."

아기는 엄마와 함께 죽은 새를 잘
묻어 주었습니다.

빛의 입자 ｜ ∅ 32 ｜ 2011

비상 | 50×66 | 2011

다음 날 마당에 새들이 와서 짹짹거리며
노래를 불렀습니다.

아기가 한심하다는 듯이 소리쳐 말했습니다.

"얘들아, 어제 너희들 친구가 죽었는데
노래를 부르고 있니?

가서 굿이나 해 주지……, 굿!"

아기네 옆집 뚱뚱한 아줌마가 세상을
떠나셨습니다.

아기는 엄마에게 물어봅니다.

"엄마, 아줌마도 하늘나라에 가셨어?"

엄마는 아마 그럴 것 같다고 대답했습니다.

아기는 참으로 이상하다고 생각하면서
엄마에게 다시 물어봅니다.

"엄마, 그런데 너무 무거워서 어떻게
올라가셨어?"

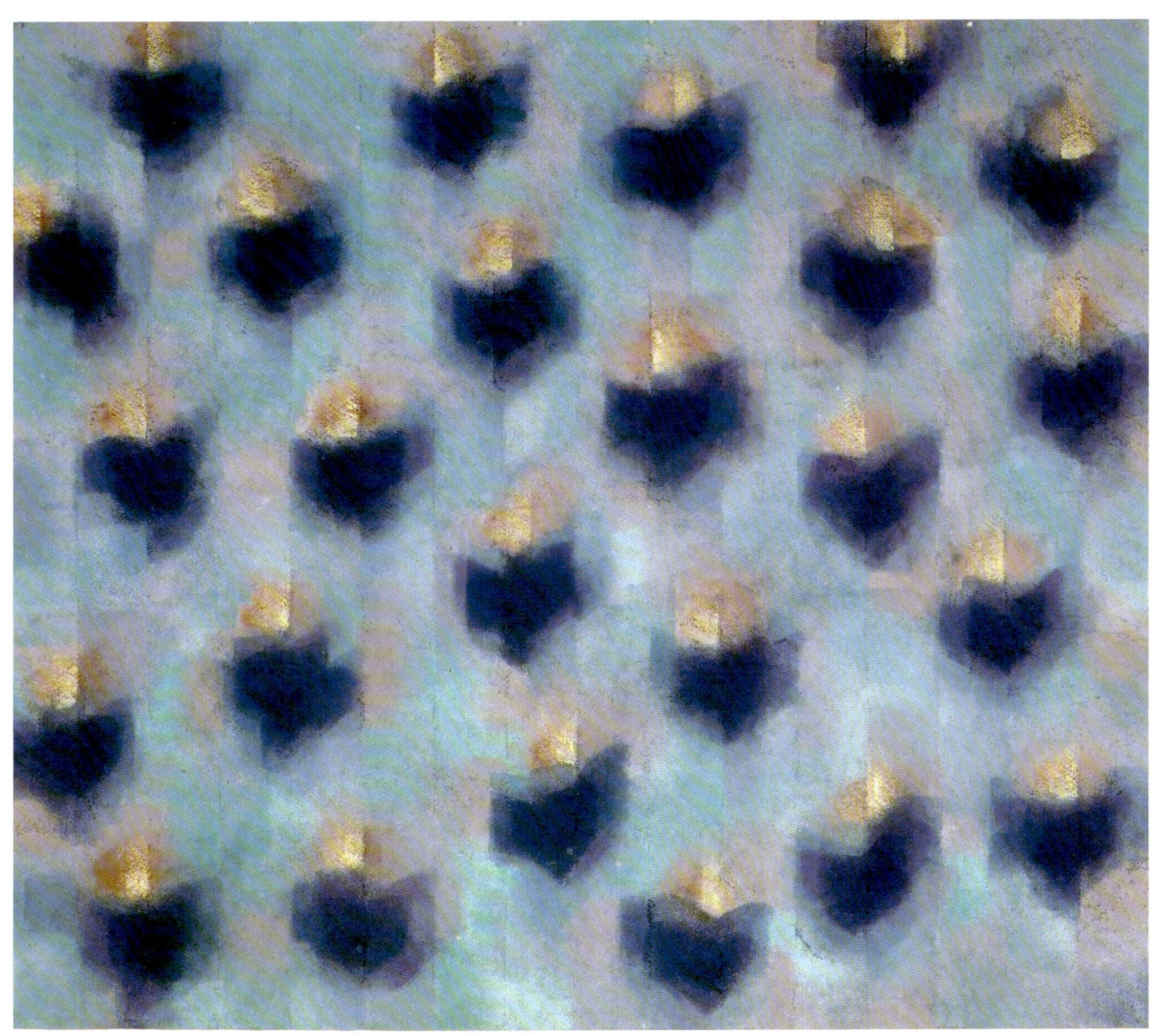

빛의 울림 | 170×198 | 2011

아기는 처음으로 비행기를 탔습니다.

집들이 작아져 버리고 비행기가 아주 높이 구름
위로 올라갔을 때,

아기는 엄마에게 물어봅니다.

"엄마, 그런데 하느님은 어디 계셔?"

바다의 침묵 | 71×130 | 2011

빛의 숨결 | 47×46 | 2008

아기는 어린이날 아빠랑 엄마랑
수원에 갔습니다.

조그만 마을을 지나가다가 개가 닭을
물어 죽이는 것을 보았습니다.

"엄마, 왜 개가 닭을 죽였어?
개 참 나쁘다! 산책도 시켜 주지
말자!"

한 송이 꽃 | 45×53 | 2008

집에 돌아와 저녁식사를 할 때, 아기는
국 속에 든 고기를 한참 들여다보다가
엄마에게 말했습니다.

"엄마, 이제부턴 배추하고 무……, 그런 것만 사 와.
소를 죽여서는 안 되지……, 불쌍해."

아기는 또 낮에 본 광경을 생각하나 봅니다.

엄마는, 사람의 마음은 본래 아기의 마음처럼
착한 것이라고 생각합니다.

엄마는 아기의 착한 마음을 통해서
모든 생명의 존귀함을 또 다시 새롭게 느끼면서
아기에게 마음 깊이 감사합니다.

한 송이 꽃 | 45×50 | 2008

아기는 엄마, 아빠와 함께 프랑스로
여행을 떠났습니다.

프랑스에 도착해서 시골에 갔을 때 평화스럽게
풀을 뜯으며 뒹굴고 있는 젖소들을
보고서 아기는 말했습니다.

"프랑스 소들은 참말 게을러, 그렇지?
우리나라 소들은 진흙탕에서 아주
일을 많이 하는데……."

2

엄마, 오래오래 살아

색-빛-에너지 | 100×137 | 2008

아기는 엄마와 함께 있어서 즐겁습니다.

아기는 엄마에게 물어봅니다.

  "엄마, 내가 이 세상에서 제일 좋아하는 사람이
        누군지 알아?"

엄마는 잘 모르겠다고 대답합니다.

  아기는 엄마의 귀에 대고 속삭입니다.

"엄마야! 엄마! 그런데… …,
          야단치지 않으면 더 좋을 거야.
     엄마가 야단칠 땐 좀 덜 좋아해."

아기는 잠이 들기 전에 엄마 곁에 한번
누워 보고 싶습니다.
그래서 엄마한테 졸라 봅니다.

"엄마, 내 자리엔 무서운 꿈이 있어.
엄마 자리에 갈래. 엄마 자리엔
좋은 꿈이 있나 한 번 자 볼래."

빛의 춤 | 89×74 | 2010

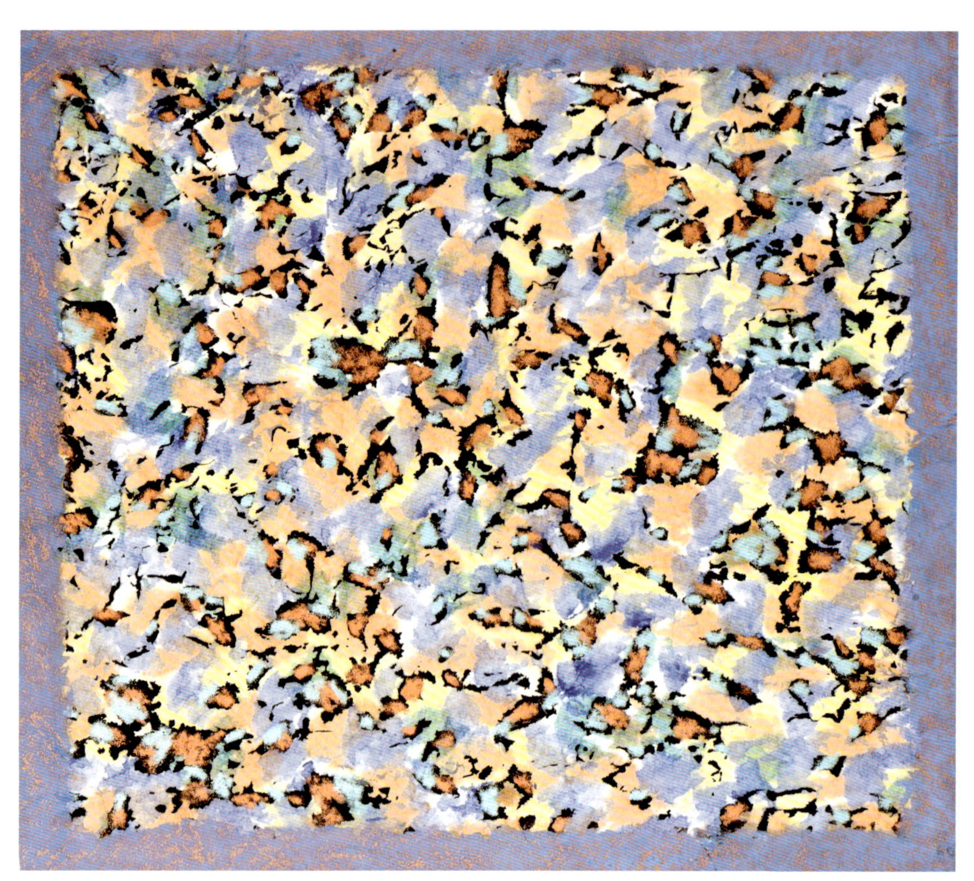

빛-에너지 | 47×55 | 2011

엄마는 두 달 동안 그림을 그리러 멀리 파리에 다녀왔습니다.

아기는 엄마의 가방을 열고 옷들을 방안 가득히 흩어
놓으며 말했습니다.

"이렇게 하면 엄마가 다시 못 갈 거야."

아기는 또 소리쳐 말했습니다.

"난 비행장 문에다 큰 못을 쾅쾅 박을 테야,
엄마가 못 가게…… ."

엄마는 언제나 바쁘다고 합니다.

아기는 인형을 안고 "이거 엄마야, 우리 엄마야."
하면서 놉니다.

엄마는 아기에게 바쁘단 말을 하지 말아야겠다고
생각합니다.

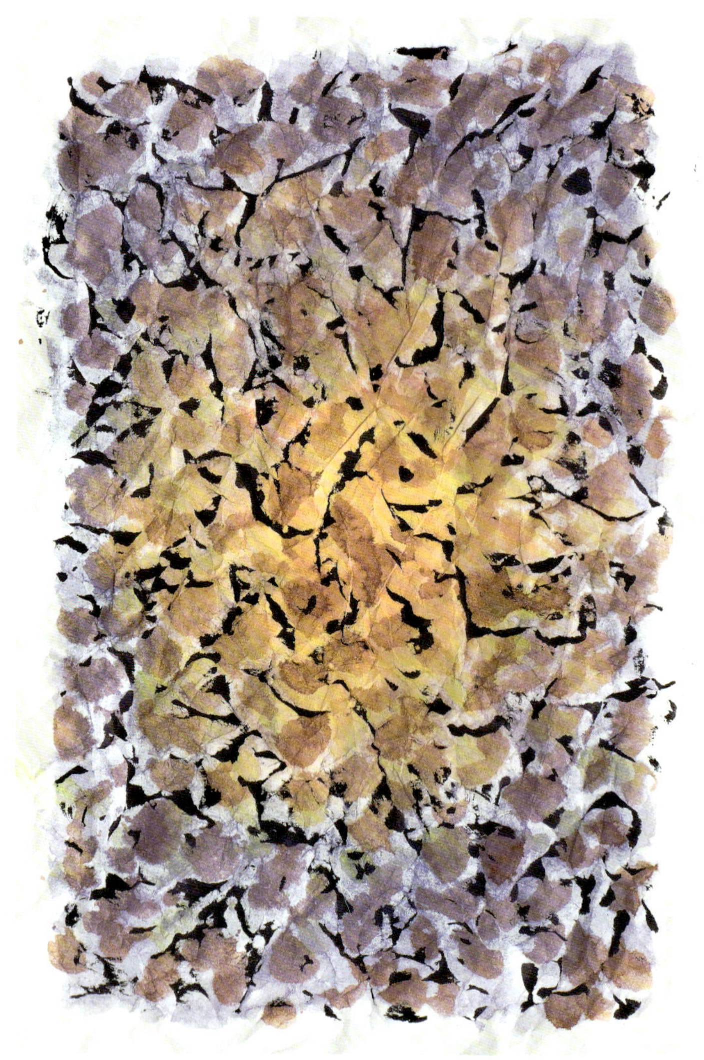

침묵의 문으로 | 46×32 | 2009

엄마가 아플 때면 아기는 엄마의 약을 만들어 줍니다.
그릇에 물을 떠다가 설탕을 타고
거기에다 식빵을 뚝뚝 떼어 넣어서 퉁퉁 불린
약입니다.

"엄마, 약 가지고 왔다. 이것 먹으면 병이 낫는다."

그러면서 아기는 엄마의 이마를 만져 봅니다.

"엄마, 엄마가 아프면 슬퍼. 엄마 병을 다 나한테
주고 아프지 말아, 응?"

아기는 어느새 엄마 곁에 누워 잠이 듭니다.

수액 | 48×66 | 2011

어느 날, 엄마가 아파서 병원에 갈 때 아기를
데리고 갔습니다.

엄마는 돌아오는 길에 아기에게 말했습니다.

"오늘은 아기가 엄마를 따라와서 아주 기뻤어."

아기는 어이없다는 듯이 웃으면서 말했습니다.

"아이 엄마도! 내가 엄마를 따라간 것이 아니라
엄마를 모시고 간 거야."

엄마가 잘 걷지 못하니까 아기는 엄마 손을
잡아 주고, 하루에 한 번씩 젓가락으로
주사를 꾹꾹 놓아 줍니다.

유주의 춤 | 200×282 | 2010

아기는 엄마를 언제나 기쁘게 해주고 싶습니다.
그래서 엄마에게 물어봅니다.

"엄마, 내가 무엇이 되고 싶은지 알아?"

"글쎄……."

엄마는 아기의 다음 말을 기다려 봅니다.

"전기 고치는 사람이 되고 싶어. 그래서 엄마 집에
전기 고장나면 고치러 가 줄게."

아기는 또 엄마에게 물어 봅니다.

"엄만 무슨 색 말을 좋아해?"

엄마는 흰색 말이 좋다고 대답했습니다.

"그럼 흰말을 길러서 마차를 만들어 엄마를
태우고 다닐게."

아기는 자랑스럽게 말합니다.

어느 날 아침, 잠에서 깨어난 아기는
별안간 엄마를 꼭 껴안았습니다.

그리고는 이렇게 말했습니다.

"엄마, 오래 살아, 응? 내가 죽을 때까지 살아… …."

그래도 안심이 안 되는지 또 말했습니다.

"엄마, 죽은 사람 실으러 오는 버스를
내가 못 오게 할게… …,
그리고 엄마 눈을 뜨게 해 줄게… …."

빛의 춤 | 180.5×212.5 | 2009

흔적 | 63×36 | 2011

아기는 엄마 곁에 누워서 물어봅니다.

"엄마도 늙으면 죽어?"

엄마는 그렇다고 대답했습니다.

아기는 슬프게 말했습니다.

"엄마 죽으면 싫어. 내가 흰 머리칼
다 빼 주면 안 죽을 거야. 매일매일 하나씩 뽑아
줄게, 응?"

엄마는 그래도 죽을 거라고 일러 주었습니다.

아기는 한참 생각하다가 말했습니다.

"그럼 내가 아주 잘 묻어 줄게, 응?"

엄마는 눈물을 감추고 돌아누웠습니다.

3

아기의 기도

순간 | 41×30 | 2011

아기는 할머니와 얘기합니다.

"할머니, 하느님은 어디 계셔?"

할머니는 하늘에 계신다고 대답해 주십니다.

아기는 "그럼, 하느님 보러 가 보자." 라고 졸라댑니다.

곁에서 듣고 있던 엄마는 아기에게 말해 주었습니다.

"하느님은 아기 마음속에 계신 거야."

아기는 "그런데 왜 안 나와?" 하고 물었습니다.

아기는 자기 배를 꼭꼭 누르며

"이렇게 하면 하느님이 툭 튀어나오실 거야."

했습니다.

빛의 탄생 | ∅ 32 | 2011

비가 많이 내립니다. 아기는 열심히 기도합니다.

그래도 자꾸 비가 오니까,

"하느님, 엉터리구나… …."

천둥이 막 치는 날, 아기는 하늘을 바라보며 소리칩니다.

"하느님, 나쁜 자식! 천둥 보내지 마라!"

엄마는 아기에게 잘 타이르며 말했습니다.

"천둥은 하느님이 보내시는 것이 아니야. 그리고

하느님께 욕을 하면 못써."

아기는 엄마에게 물었습니다.

"그럼, 천둥은 왜 치는 거야?"

엄마는 아기가 알아듣기 쉽도록 대답해 줍니다.

"구름과 구름이 싸우는가 봐."

아기는 왜 싸우느냐고 물었습니다. 엄마가 잘 모르겠다고

하니까 아기는 엄마에게 말했습니다.

"왜 싸우나 가서 알아보고 싸우지 말라고 해."

아기는 혼자서 중얼댑니다. 엄마는 궁금해서
물어봅니다.

"아기야, 무슨 얘기를 하고 있니?"

"하느님께 빌고 있는 거야, 텔레비전하고 자가용하고
귤나무를 보내 달라고……."

엄마는 그렇게 많은 욕심을 부리면 나쁜 것이라고
아기에게 일러 줍니다.

아기는 대답했습니다.

"엄마, 우리 친구는 참 좋은 앤데 자가용 타고
다니던데……."

빛의 숨결 | 50×42 | 2002

대지의 빛 | 72×129 | 2006

어느 날, 아기는 엄마에게 물었습니다.

"엄마, 남한과 북한은 왜 갈라졌어?"

엄마의 대답을 듣고 난 아기는 굳게 다짐하며 말했습니다.

"엄마, 내가 북한하고 남한하고 꼭 붙도록 잘 연구해 볼게."

한참 생각하던 아기는 이렇게 말했습니다.

"엄마, 좋은 생각이 떠올랐어. 국군 아저씨들 전부에게 편지를 써서 우리나라를 갈라놓은 철망을 다 뽑아서 바다에 던지게 하자… …."

엄마는 밤이 깊었으니 그만 자라고 일러 주었습니다.

아기는 무릎을 꿇고 눈을 감더니,

"엄마, 기도하자. 하느님, 남한과 북한이 꼭 붙게 해 주십시오."

하고 열심히 빌었습니다.

아기는 유치원에서 배운 기도를 큰 소리로
외웁니다.

"하느님 아버지… …, 우리를 우물에 빠지지 말게
하시고… …."

엄마는 아기들이 '유혹' 이라는 말을 모르니까
아기들의 기도를 쉽게 만들어 주는 것이
좋겠다고 생각했습니다.

빛의 춤 | 84×110 | 2011

대지의 빛 | 72×129 | 2006

아기는 잠들기 전에 엄마에게 말했습니다.

“엄마, 우리 기도하자.”

엄마도 아기를 따라서 눈을 꼭 감고 아기의 기도를 들어 봅니다.

“오늘 저녁, 요셉이님 고맙습니다. 땅을 주서서
　　고맙습니다. 땅이 없으면 집을 지을 수 없으니까요.”

아기는 늘 무엇이든지 요셉님에게 기도합니다.

엄마는 땅의 고마움을 모르고 사는 것이
　　부끄러워졌습니다. 그때부터 엄마는 땅에게
고마운 마음을 가지게 되었습니다.

빛의 숨결 | 120×120 | 2005

아기는 미사 드리는 놀이를 합니다.

상 위에 보자기를 펴고 동생의 소꿉 그릇을 수건에 받쳐 놓습니다.
빵을 조그맣게 잘라서 상 가운데 놓고 아빠와 엄마에게
맞은편에 앉아서 기도를 하라고 합니다.

“해님은 달님을 때리지 않습니다. 해님의 동생은 달님입니다.
달님은 오빠와 사이좋게 놉니다.
달님의 엄마는 보름달입니다. 해님은 겨울엔 아주 작고
큰 해님은 여름에 나옵니다. 축하하세 하느님… ….”

아빠와 엄마는 열심히 따라서 기도합니다.
아기는 술잔을 높이 쳐들고 동생에게 종을 딸랑딸랑
치라고 합니다.
그리고 아기는 빵을 한 조각씩 나누어 줍니다.
아빠와 엄마는 맛있게 먹습니다.

대지의 빛 | 94×124 | 2006

엄마와 아기가 손잡고 길을 가다가 거지가 있는 것을
보았습니다. 엄마는 동전을 꺼내서 거지의 손에
놓아드렸습니다. 아기는 엄마에게 자기 의견을
말했습니다.

"엄마, 동전을 주는 것보다 집에 모셔다가 맛있는 것을 드리고
재워 드리면 더 좋겠어."

엄마는 마음속으로 몹시 부끄러웠습니다. 아기의 말이
참으로 옳다고 생각했습니다.

엄마는 아기에게 말했습니다.

"아기가 이 다음에 크면, 불쌍한 사람들을 잘 도와줄 수
있을 거야. 굶는 사람들에게 맛있는 음식을 드리고
집 없는 사람에겐 집을 지어 주고 할 수 있을 거야."

아기는 맑은 눈을 반짝이면서 엄마의 손을 꼭 쥐었습니다.

엄마는 아기를 데리고 음악회에 갔습니다.

작곡을 하신 분은 장님이었습니다.

아기는 궁금해서 물었습니다.

"엄마, 눈은 왜 머는 거야?"

"눈이 없는데 어떻게 음악을 만들 수 있어?"

아기는 장님들이 불쌍하다고 생각했습니다.

그래서 엄마에게 물었습니다.

"엄마, 그런데 왜 하느님은 눈을 고쳐 주지
             않으셔?"

우주의 빛 | 230×220 | 2002

유치원에서 돌아온 아기가 엄마에게 말했습니다.

"엄마, 크리스마스가 무슨 날인지 알아? 예수님이 나신 날이야.
그런데 엄마, 예수님은 왜 나셨지?"

엄마는 대답해 주었습니다.

"이 세상에 불쌍한 사람이 많으니까 도와주려고 오셨어.
또 불쌍한 사람들끼리 서로 사랑하고 잘 도우라고
가르쳐 주러 오셨지. 자식이 없는 불쌍한 노인들,
먹을 것이 없는 가난한 사람들, 엄마 아빠가 없는 불쌍한
고아들, 다 잘 돌보아 주라고 하셨어……."

아기는 엄마의 대답을 듣고 또 묻습니다.

"엄마, 고아들은 왜 엄마가 없어?"

"일찍 돌아가셨기 때문이야."

"엄마, 거지도 참 불쌍해. 그래서 내가 '마징가 제트' 하고
'우주 삼총사' 가 되려고 해. 다 도와주려구."

하늘과 땅의 만남 | 2009

엄마는 화실에 앉아서 〈석가팔상도(釋迦八相圖)〉를
읽고 있었습니다. 곁에서 석가의 생애를 그린
그림을 보고 있던 아기가 물었습니다.

"엄마, 부처님은 몇 살까지 사셨어? 아주 오래 사셨어?"

엄마는 여든 살까지 사셨다고 일러 주었습니다.

아기는 또 물어보았습니다.

"엄마, 그런데 부처님은 왜 돌아가셨어? 부처님도
돌아가신 다음에 하늘에 올라가셨어?"

아기는 엄마가 숨 돌릴 사이도 없이 자꾸자꾸 물어봅니다.

엄마는 천천히 그림을 보여 주면서 부처님의 일생을
얘기해 주었습니다.

다 듣고 난 아기는 엄마에게 이렇게 물었습니다.

"엄마, 부처님이 더 훌륭해? 예수님이 더 훌륭해?"

잠시 후 아기는 눈을 깜박이며 말했습니다.

"그런데 엄마, 난 부처님이 제일 불쌍하다. 진짜 부처님은
인도 나라에서 돌아가시고 여기 부처님은
돌만 남고 쇠만 남았으니까."

엄마는 마음을 찌르는 아기의 말이 놀라웠습니다.
그래서 이렇게 말했습니다.

"진짜 부처님은 사람의 마음속에 계신 거야."

그러자 아기는 자신있는 목소리로 말했습니다.

"그래! 돌로 된 거 다 가짜 부처님이야!"

엄마는 아기의 무심한 말들이 어른의 말보다 참되다고
느꼈습니다.

아기는 늘 엄마를 깊은 생각에 잠기도록 합니다.

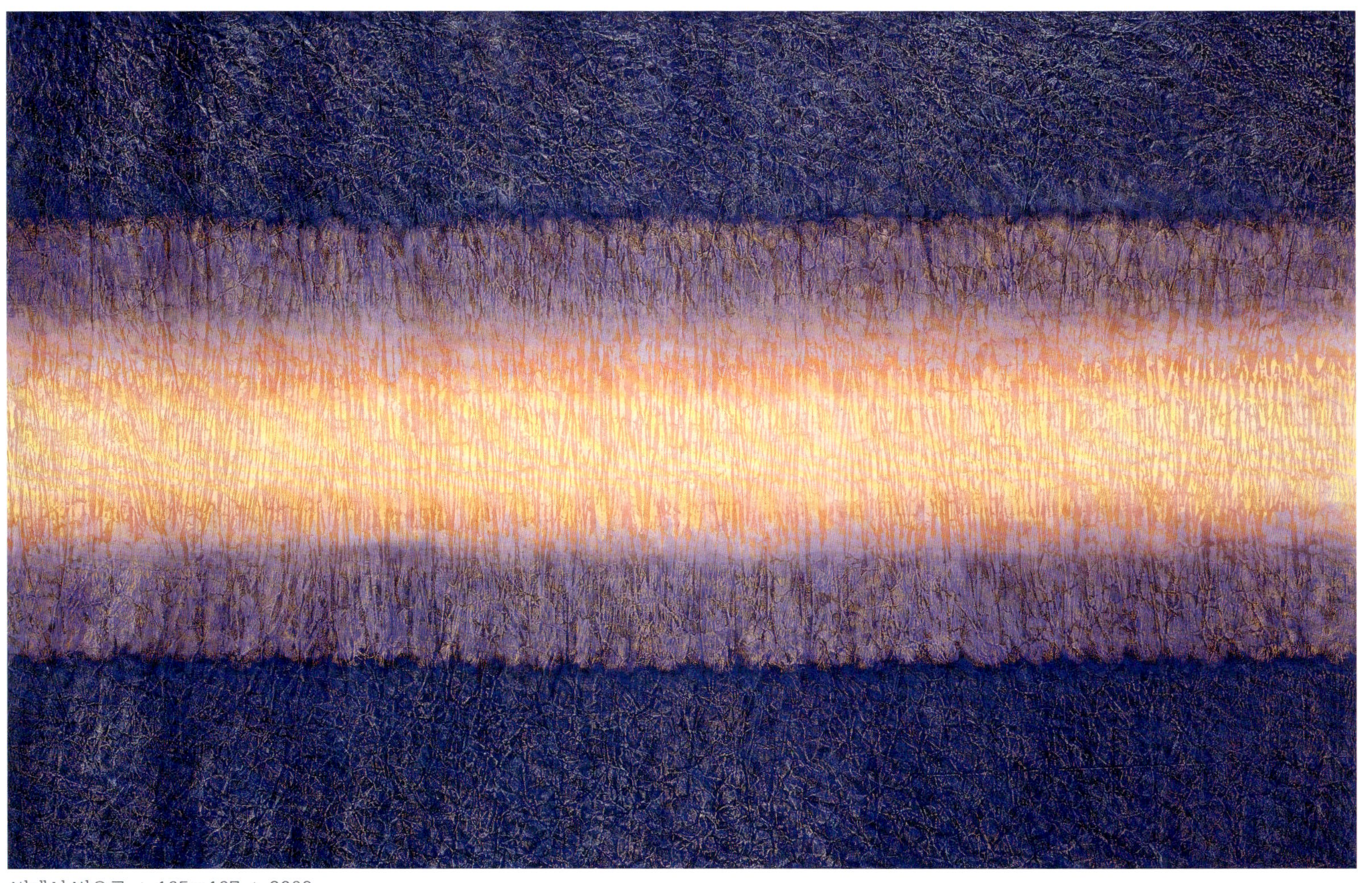

빛에서 빛으로 | 165×107 | 2009

빛에서 빛으로 | 180×118 | 2011

아기가 목욕을 한 후 엄마는 아기를
꼭 안아 주었습니다. 그리고 귀에다
얘기해 주었습니다.

"아기가 목욕을 깨끗이 해서 부드럽고 향기가
나네."

아기는 기쁘게 웃으며 말했습니다.

"부처님도 나처럼 아주 부드럽고 향기가
나셨어?

아기는 마당에 앉아 놉니다. 마른 풀 위에
햇빛이 빛나고 있습니다.

"엄마야, 여기 앉아 참선하자."

아기는 눈을 꼭 감고 두 손을 무릎 위에 얹고
앉아 있습니다. 한참 후에 아기는

"아-멘"

하고 눈을 뜹니다.

엄마는 착한 마음은 다 한 길로 통하는 것이라고
생각합니다.

마음의 빛 | 58.7×43.6 | 2009

작가 소개

방혜자 (方惠子)

서울 미대를 졸업한 1961년 도불개인전 이후 서울과 파리에서 작품 활동을 하고 있는 원로화가 방혜자는 '빛의 화가' 로 알려져 있습니다. 한국의 현대미술을 대표하는 작가 로서 프랑스, 한국, 독일, 미국, 캐나다, 스웨덴, 벨기에, 스위스, 일본 등 세계 각국에서 70회 이상의 개인전과 다수의 전시회를 가졌습니다.

서울미대와 성심여대에서 가르친 제자들이 한국미술계에서 중진화가로 활동하고 있으며 1981년부터 프랑스에서 프랑스인들에게 서예를 가르치고 있습니다. 1988년부터는 10년 간 프랑스 한국 문화원에서 한글 및 한문, 서예 강의를 하여 우리 서도를 프랑스인들에게 널리 알렸습니다.

프랑스 사학가이시며 미술평론가이셨던 삐예르 꾸르띠용이 발굴하여 돌아가실 때까지 끊임없는 후원을 해주셨고 모든 전시의 서문도 써주셨습니다. 미술평론가 삐예르 까반느, 질베르 라스코, 올리비에 제르맹 또마, 모리스 베나무, 앙드레 쏘즈, 샤를르 쥘리에 등은 "방혜자는 자연채색을 이용하여 다양한 재료와 방법을 통해 자신이 창조해 낸 빛의 세계에서 호흡하고 대화한다. 또한 그의 빛의 창조 안에 항상 존재하는 호흡, 숨결 속에는 작가의 삶과 내면의 미소, 빛의 숨결 등이 시간을 초월하여 존재하고 있다."라고 말씀하십니다.

"그는 말도 적고 겉으로는 약하게 보이나 미소를 지으며 영감, 명상을 통한 열정적인 자기의 작업을 천천히 또 명확히 설명한다. 한국의 훌륭한 예술인 중 하나로 세계적인 명성을 얻은 데 대해 조금도 자만심을 찾아볼 수 없다. 그의 이름은 방혜자다."(삐예르 까반느, "끝없이 존재하는 이 순간" 중에서)

박경리 선생님께서는 방혜자의 수필집 〈마음의 침묵〉에 추천글을 다음과 같이 쓰셨습니다.
"화가 방혜자는 냉정하고 말수가 적은 사람이지만 그의 행동은 헌신적이다… 방혜자의 그림은 우주적이며 유현(幽玄)하다. 조그맣고 가냘픈 모습을 떠올릴 때 크고 깊은 그의 그림 세계가 신기하기만 했다. 그의 그림을 보고 있으면 수직(手織)의 무명 같은 것, 그런 해 뜨기 전의 아침을 느낀다… 이 글은 방혜자에 대한 내 애정이며 참된 예술가에 대한 존경이다." (여백미디어 출판, 2002)

"방혜자의 작품의 색은 부드럽고 섬세하여 우리들의 가장 훌륭한 부분과 그리고 또 삶의 신비에 우리가 다가갈 때 만나는 이루 형언하기 어려운 상태와 교감에 들어가게 합니다. 시간을 초월한 영원의 추구는 무한한 미묘함이라 할 수 있으며, 작가의 모든 체험과 현재의 삶과 추구하는 것의 종합이라 할 수 있는 것을 그려내기에 이른 것입니다. 그의 고요한 침묵의 작품은 우리에게 단순함과 더불어 충만하게 성취한 자에게만 다가오는 빛을 추구하며 정진한 고행자의 모습을 느끼게 합니다." (샤를르 쥘리에, "방혜자 예술의 정신적 차원" 중에서)

또한 김지하 시인은 2002년 성곡미술관의 초대전 〈21세기 예술가〉 때 조선일보에 다음과 같은 글을 쓰셨습니다.
"그날 내가 본 것은 후천개벽(後天開闢)이다. 문학이든 음악이든 그림에서든 아직 아무도 개벽, 그것도 후천개벽에 대해서 표현하거나 발언한 사람은 없다. 그런 뜻에서 방혜자 선생은 우리에게 '새로운 사람 - 신래자(新來者)' 다."

프랑스에서 경주 유적과 윤경렬 선생님의 연구를 알리는 〈만불의 산, 경주 남산〉을 내었고 쎄르끌 다르 출판사에서 현대미술가 시리즈로 화집 1 〈방혜자〉와 화집 II 〈빛의 숨결〉

이 출간되었습니다. 수필집으로 〈마음의 소리〉, 〈마음의 침묵〉, 〈아기가 본 세상〉 등이 있으며, 시화집으로 〈한국 고승 선시집〉, 샤를르 쥘리에 시인의 〈그윽한 기쁨〉, 김지하 시인의 〈화개〉, 로즐린 시빌르 시인의 〈투명함의 시〉, 〈침묵의 문으로〉, 김돈식 시인의 〈나도 꽃 한송이 꽃〉, 문영훈 시인의 〈무한의 꽃〉등이 출간되었습니다.

 모나코 국제현대예술제에 쫗미술상, 몽루주, 라 훼리예르 등 시 주최 전시에서 감사패, 예술훈장 등을 받음으로 우리 예술을 널리 알리셨습니다.
 2008년 10월, 경기여고 100주년 기념행사에 '자랑스러운 경기인' 상을, 12월 제2회 미술인의 날에는 특별상으로 해외작가상, 2010년 문화의 날에 대한민국 문화훈장을 받으셨습니다. 2012년에 한불 문화상, 세계한민족여성재단의 '세계를 빛낸 여성 문화 예술인' 상을 받으셨습니다.

예술감독 방 훈
BANGHAIJA.COM
banghaija.com@lycos.com

작가 약력

1937   현재 서울시에 편입된 고양군 능동에서 출생

1950~56   경기여고 졸업

1961   서울대 미술대학 졸업 후 프랑스 파리에 유학

1963~1966   파리국립미술학교 르노르망 교수 아뜨리에 벽화 수학

1983~1987   파리 헤이터 아뜨리에 17에서 판화 수학

주요 전시회

1961   국립도서관에서 첫 개인전

1968   파리에서 첫 개인전, 갤러리 휴스톤브라운

1976~ 2005   갤러리현대에서 9회 개인전

1991   파리 유네스코 미로회관 초대 개인전

1997
뉴욕 앙리꼬 나바라 갤러리에서 개인전
프랑스 몽루즈市 주최 초대 개인전

2000~2010   경기도 광주 영은미술관에서 7회의 입주 작가전

2002   성곡 미술관에서 현대미술가 초대 개인전

2003   파리 살뻬뜨리에르 성당에서 개인전

2004~2007   파리 갈르리 귀욤에서 3회 개인전 및 다수의 단체전

2006-2010
벨기에 브뤼셀 바스띠엥 갤러리에서 개인전
〈빛의 숨결〉 展(2006), 〈빛의 입자(粒子)〉 展(2007), 〈빛의 노래〉 展(2010)

2007 - 2010
벨기에 브뤼셀 바스띠엥 갤러리와 중국 상해 아트전

2007
서울 환기미술관에서 '빛의 숨결' 초대 개인전
도쿄 비즈추 쩨까이(미술세계) 갤러리에서 개인전

2008
서울 한가람미술관, 예술의전당 개관 20주년 기념 한국 현대미술전 미술의 표정
서울시립 현대미술관, 한국 추상화 50년
서울 샘터갤러리 개관 1주년 기념 초대 시화전 '꽃과 빛' 방혜자(그림), 김돈식(시)
경기여고 100주년 기념행사에 '자랑스러운 경기인' 상 수상
서울 한가람미술관, 예술의전당, 〈재외 한국 화가전 II - 파리〉 展
경기도 이천 광주요 도자문화원, 16회 오름불 행사에 비밀의 방 설치 및 전시
대한민국 미술인상 특별상 해외작가상 수상

2009
파리 갈르리 귀욤, 〈삐에르 까반느의 주위에 화가들〉 展
프랑스 뽕 드 보 생트뢰이 미술관에서 국제 서예전 〈기호의 노래〉
서울 오픈 아트 전에 참가
서울 미술관 가는 길 갤러리 '어머니' 展
경기도 이천 광주요 도자문화원, 오름불 행사 '불의 모험, 흙의 소리' 에 비밀의 방 설치 및 전시
대구 갤러리 신에서 개인전, 빛의 숨결 展
〈세로토닌 II 〉 展 아름다운 세상을 부탁해, 서울시립 미술관 경희궁 분관

경기도 광주 영은미술관 기획초대 개인전 〈방혜자 · 빛의 길 '색채(色彩)의 시학(詩學)' -마음의 빛〉
경기도 용인 장욱진미술관, 5인 5색 전
서울 겸재정선기념관 초대 개인전 〈빛의 광휘〉

2010
갤러리현대 개관 40주년 기념전
벨기에 브뤼셀 보고씨앙재단의 빌라 엉뺑 개관전 〈동양과 서양의 아름다움의 길〉
파리 갈르리 귀욤에서 개인전 〈빛의 노래〉
경기여고 100주년 기념관 개관 개인전 〈빛의 노래〉
대한민국 문화훈장 수상

2011
아르 빠리에서 개인전 〈울림〉 파리 갈르리 귀욤 전시
갤러리현대 열번째 개인전 〈빛의 울림〉
프랑스 훼깡 빨래 베네딕띤느 미술관 개인전 〈물성과 빛〉
제주도 돌문화공원 개인전 〈빛에서 빛으로〉
파리 국제학생기숙사 단지 한국관 건립기금조성 특별전, 프랑스 OCDE 한국 대표부
벨기에 브뤼셀, 바스띠엥 갤러리 작가전
프랑스 미라마市 메디아텍크 시화전
프랑스 파리의 파리지성 〈그림이 있어 행복한 파리〉 展
프랑스 파리의 나딘느 갤러리 〈시간, 소리, 움직임〉 展

2012
4월 ~ 6월. 경기도 광주 영은미술관 〈빛으로 가는 길〉, 한국 · 유럽 국제교류전
7월 ~ 11월. 프랑스 아르데슈 지방의 샤또 드 보귀에(성)에서 개인전 〈빛에서 빛으로〉

우리는 빛으로부터 왔고, 빛 속에서 살다가 빛으로 돌아가는 존재입니다. 빛은 생명의 원초적인 에너지로 빛의 숨결, 생명의 숨결을 그림에 담아 그리며 우리의 세포 하나하나가 빛이 되기를 바랍니다.

빛을 한 점, 한 점 그릴 때마다 이 세상에 사랑과 평화의 밝은 씨앗을 심는다는 마음으로 작업을 합니다.

색과 빛, 기(氣)의 흐름이 우리 안에 향기처럼 스며들어 인간 사이의 벽을 부수고 서로의 상처를 치유해 주는 다리가 되기를 바랍니다. 마음의 빛을 그려 나갈 수 있다는 것은 참으로 크나큰 축복입니다.

그림 속의 빛

햇빛이 창틈으로 들어와
화폭 위에 그림을 그린다
나도 해빛 따라
빛을 그린다
빛은 그림 속 하늘 위에
별이 되어 반짝인다
내 마음도 반짝이며
웃음 짓는다
햇빛이 나와 함께
그림을 그리면
빛이 내 마음이 되고
나는 빛이 되어
그림 속에 들어가 노래한다
둘이 "하나" 되어 노래 부른다

- 방혜자 -

세상으로 날아온 사랑의 눈빛

빛으로부터 온 아기

초판 발행　　2012년 4월 25일
글 · 그림　　방혜자

발행인　　김광호
발행처　　도서출판 도반
편집팀　　이상미, 고은미, 박정미
사진작가　　박현진, 최영진, 김병국,
　　　　　　장 루이 로지, 자끌린 하이드. 실바 빌르로
대표전화　　02-885-1285
이메일　　doban@godstoy.co.kr
주소　　서울특별시 관악구 낙성대동 1625-16 2층

ISBN　　978-89-97270-01-9